傻瓜1號
精明鬼
唉呀
傻瓜2號
倒霉鬼
唉呀
無趣的傢伙

神奇許願系列 1

내 멋대로 친구 뽑기

隨我心意選朋友

崔銀玉（최은옥）／著 金鵡妍（김무연）／繪 劉小妮／譯

目錄

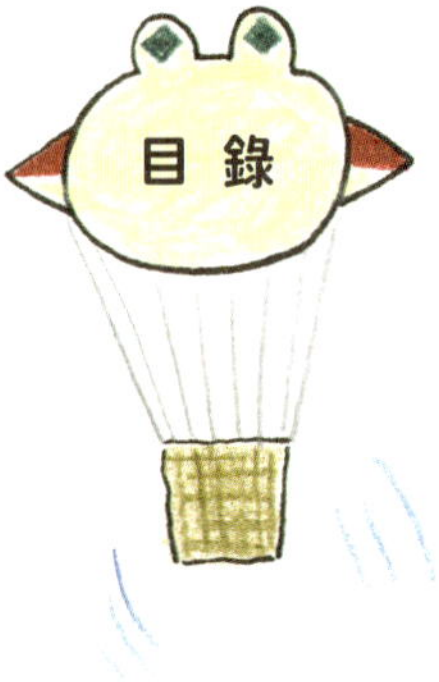

哪裡才會找到好朋友？

體育課一結束，小朋友們就一窩蜂地跑向水龍頭或教室。不過泰宇卻是嘟著嘴，慢吞吞地走著。他的心情不是很好，因為剛剛和二班進行足球比賽，他們班很可惜的輸了。鎬永如果可以把泰宇傳給他的球成功踢入球門的話，這場比賽就可以打成平手。泰宇感到非常可惜，一直唉聲嘆氣。

鎬永正好垂頭喪氣地走在泰宇的前面，於是泰宇走到鎬永身旁，開始冷嘲熱諷。

「王鎬永，你連那種球都踢不進去嗎？你剛剛正好站在球門前面吧！」

「對……對不起。」

泰宇壓低聲音地回答。

「道歉就可以了嗎？都是因為你，

我們才輸的！」

「……。」

鎬永邊抽搐著鼻子邊跑向大門口，泰宇看著鎬永的背影，喃喃自語著。

「哎呦，這個人為什麼這麼不會運動啊，居

然還是我的朋友……。」

這時候，有位被稱為二班足球大魔王的人也路過了大門。今天光是這位足球大魔王一個人就踢入了三顆球，實在太強了。這個人就像高高掛在天空中的太陽，即使距離遙遠仍全身散發出光芒。泰宇非常羡慕那些可以跟足球大魔王勾肩搭背、開懷大笑的同學們。

「那個人如果是我朋友的話，該有多好。」

泰宇無奈地踢了幾下操場的地板。

過了一會兒，泰宇用手擋住炎熱的陽光，跑向洗手臺，洗手臺已經聚集了許多其他班的同學。泰宇邊擦著汗水，排在大家的後面。只是越等越熱，泰宇希望可以快點喝到冰涼的水，也想要趕緊洗一下臉。其實並沒有等待很久，但是泰宇開始感到焦躁，不停地扭動身體。這時候，泰宇發現站在自己前面的同學是跟自己同組的珠兒，泰宇拍了拍珠兒的背問道：

「珠兒，讓我先洗吧。我現在真的、真的太熱了。」

「李泰宇，只有你熱嗎？好好排隊吧！」

珠兒態度冷淡回道。

「哎呀，我們不是朋友嗎，怎麼連這點小事情也不禮讓一下？」

「那你呢？」

珠兒對泰宇哼了一聲後，就走到空出來的水龍頭下面快速地洗手。她洗完之後，就飛也似的跑走了。

泰宇噘起嘴想。

「哼，這樣也算朋友嗎？」

泰宇胡亂地把臉洗一洗後，迅速跑回教室，他突然想到現在是午餐時間了。

教室裡已經呈現鬧哄哄的景象，有已經拿到餐點正在大口享用的同學，也有正在排隊取餐的同學。泰宇看了看今天的菜單，嘻嘻地笑了起來。因為他看到比手掌還大的炸豬排，心情突然變好了。而且今天的伙食值日生是跟自己從幼稚園開始就是朋友的潤夏，說不定她

還會多給自己一塊豬排呢。輪到自己的時候，泰宇趕緊伸出餐盤，然後堆起笑臉，小小聲地說：

「潤夏，我的炸豬排要兩塊。」

接著，泰宇又指了指泡菜，搖了搖頭。他的意思是說，不要給我泡菜。潤夏雙眼直視地看著泰宇的臉，一副完全不知道泰宇在說什麼的表情。和對待其他同學一樣，潤夏在泰宇的餐盤上放了一塊炸豬排，也擺上了泡菜。泰宇的臉瞬間變成了一張皺皺的紅色色紙，他往前伸出脖子，再次用很細小的聲音對潤夏說：

「何潤夏，妳沒聽到我剛剛說的話嗎？我討厭泡菜，還有，我

要多一塊炸豬排。」

潤夏眼睛睜得又圓又大。

「李泰宇，老師不是說過，多少也要吃點泡菜嗎？因為它對我們的健康很好。還有，你不知道炸豬排一個人只有一塊嗎？」

「有時候炸豬排不是會剩下一兩塊嗎？」

泰宇也忍不住大聲回應。

「有沒有多的，要等全班同學都取完餐之後才會知道吧！」

潤夏的聲音也越來越大聲了。這時候，老師正巧走進教室。泰宇只好皺著眉頭轉身離開了。

「默默地給我不就好了，這算什麼朋友呀。哼！」

泰宇氣呼呼地回到自己的座位。吃完午餐之後，有些同學開始在教室內跑來跑去，也有些同學聚在一起聊天。雖然天氣很熱，但是也有些同學再次跑向操場。

泰宇偷看了一眼坐在自己隔壁座位的俊秀。這位不久之前成為自己鄰居的俊秀很不討喜，泰宇雖然央求老師換座位，但

是老師說所有同學都要輪流當鄰居，所以拒絕了他的要求。

俊秀跟其他同學有一些些不一樣，無論發生什麼事情，他都不會先開口。沒有特別擅長的事情，也沒有特別不會的事情，總之就是一位不起眼的同學。

俊秀不論何時都不太說話，非常安靜，是一位存在感很低的人。因此，他沒有合得來的朋友，總是獨來獨往，泰宇也幾乎沒跟俊秀說過話。

泰宇原本想跟正在筆記本上塗鴉畫畫的俊秀說話，但最後還是放棄了。跟像俊秀這樣的人親近也沒有什麼好處，也不可能會有好玩的事情發生。

泰宇打算去操場，於是走到教室外。他看到其他班的同學們正聚集在走廊盡頭，那群人正在討論某款有趣的遊戲，那也是泰宇非常喜歡的遊戲。

之前他還因為玩那款遊戲玩到太晚而被媽媽責罵。泰宇豎起耳朵，站在那群同學後面偷偷觀察。

原來有位被稱為遊戲之神的同學也在其中。那位遊戲之神不只是很會玩遊戲，學習成績也很好，所以相當受歡迎。其他人問他在遊戲中有沒有快速破關晉級的方法，他不但用簡單易懂的方式詳細說明，而且還說可以給幾位跟他親近的同學們遊戲裝備。大家爆發出的歡呼聲都快把走廊震垮了，泰宇非常羨慕那些可以免費拿到遊戲裝備的同學們。即使花一天時間玩遊戲也很難得到的厲害遊戲裝備，這幾人居然在轉眼之間就入手了。

「唉，我身邊為什麼沒有這樣厲害的朋友呢！煩死了！」

泰宇用充滿羨慕和煩躁的眼神看著這群人。

今天所有的課都上完之後，老師像是有許多話要說似地站在黑板前。教室比其他時候更加喧鬧，因為明天是一個特別的日子。

老師敲了敲黑板說道：

「同學們，安靜一下。你們如果這樣吵鬧不聽話的話，明天說不定就不能去郊遊了喔。」

同學們紛紛大喊：「哎呀，不可能啦！」接著，又好像擔心會不會成真似的，全部安靜下來了。大家的嘴巴就像緊閉的貝殼，都閉得緊緊的。

「看來大家都真的想去郊遊嗎？」

老師剛問完，同學們異口同聲地大聲喊：「是！」

泰宇也相當期待郊遊。

我要自己挑選喜歡的朋友

我們搭乘的公車開了一陣子之後，進入一座樹木茂密的森林。再開上一個稍微傾斜的山坡之後，就

可以從車窗看到遊樂園。大家都發出「哇啊啊！」的驚呼聲，泰宇睜大眼睛透過車窗看到遊樂園巨大的招牌字體。

閃閃發光、被裝飾得美美的字體飛進了泰宇的心中，令他激動不已。似乎感覺到即將會有開心有趣的事情發生，泰宇的心像氣球一樣撐得十分巨大。

同學們下車後，先跟老師走到中央廣場欣賞了一場簡單的表演，之後就是小組的自由活動時間。老師說這個遊樂園的規模不是很大，所以只要遵守注意事項，大家自己行動也不會有太大的問題。而且到處都會有老師可以幫忙，如果有哪些不知道的事情，直

接問老師就可以了。因此，同學可以各自分組去參觀動物園和遊樂園，只要在午餐時間再次回到廣場集合就可以了。

老師像要同學們保證似的，再次用力地說：

「不要忘記小組同學們一定要一起行動，知道了嗎？」

同學們都大聲地回說：「知道」，然後就蹦蹦跳跳地跑走了。在這裡可以隨心所欲地去想去的地方，也可以玩任何想玩的遊樂設施，大家當然比安靜看表演時更加興奮了。

但是泰宇的嘴角下垂，因為他心情不好。他的同組同學是鎬永、珠兒、潤夏、成勛，還有座位在自己旁邊的俊秀，加上自己剛剛好是六人小組。泰宇非常不喜歡這些同組的朋友，其他組的朋友們看起來好多了。泰宇打算哀求老師換組，於是環顧了一下四周。可是不只是老師，就連其他組的同學們都已經不知道跑去哪裡了。

泰宇就像一隻生氣的大猩猩，漫無目的、大步的走在前面。其他同組同學們只好睜大眼睛，緊緊跟在他後面。這時珠兒跑到泰宇前面，擋住他的去路。

傻瓜1號
精明鬼
唉呀
傻瓜2號
倒霉鬼
唉呀
無趣的傢伙

「李泰宇！你這樣一個人走掉，是要大家怎麼辦？大家是不是應該先一起討論要去哪裡。」

泰宇停下腳步，嘴巴噘得高高的。潤夏看了看大家，趕緊站出來提問：

「大家，我們要先去哪裡好？」

「我想要先去動物園，我想快點看到大象，也想看獅子。」

成勛剛說完，鎬永也緊接著說：

「我也想先去動物園。」

成勛和鎬永彼此在空中擊掌，發出了啪的聲響，珠兒和潤夏也隨聲附和先去動物園。潤夏看了看正在大家身後的俊秀，俊秀沒有說話，但是點了點頭。

泰宇非常不滿意大家的意見，因為比起動物園，他更想先去遊樂園。他從下車後就一直想著要搭遊樂設施，他最想先玩碰碰車。於是泰宇更加不滿地「咚！」一聲跺了跺腳。

「我要先去遊樂園！因為之後再去的話，要等非常久，我想快點玩碰碰車！」

大家突然不知道該如何是好，稍微安靜了一會兒。這時候，珠兒話中帶刺地說：

「李泰宇，想去動物園的人比較多，你現在一個人這樣唱反調是怎樣？你也太過以自我為中心了吧？」

「哼哼，不知道！不知道！你們要去就去吧！我要自己去我想去的地方。」

「老師不是說同組同學一定要一起行動嗎？你要擅自脫隊的話，就試

試看！」

珠兒生氣地說，泰宇突然眼睛睜得超大。

「哼！我一個人就不能去了嗎？」

泰宇說完，就自己往前跑走，雖然有聽到身後傳來其他人的呼喊聲，但是泰宇假裝什麼也沒聽到，繼續快速地移動腳步。其他人嘰嘰喳喳地說著，有人說要去追他回來，有人說就這樣放著不要管，他等等自己會回來，也有人說老師知道的話，我們一定會被罵。

泰宇邊說邊喃喃自語：

「我就知道是這樣，果然他們都跟我合不來。如果有和我合得來的朋友該有多好……。」

泰宇在寫著動物園和遊樂園指示牌的十字路口停了下來。綠色指示牌寫著「動物園」，黃色寫著「遊樂園」。就在這時候，不知道從哪裡吹來一陣風，黃色指示牌因此稍微搖晃了一下。泰宇望向黃色指示牌所指的方向，路的兩邊有成排的高大樹木，地板是用黃色石頭鋪得漂漂亮亮的小徑，泰宇毫不猶豫地邁出了一大步。

泰宇走沒多久，就看到各種店家，店家旁邊還有一整排販賣各種商品的販賣機。

有賣玩具或可愛娃娃的販賣機，也有可以讓氣球充飽氣的販賣機。還有馬上可以做出冰沙、披薩、紫菜包飯的販賣機，甚至還有賣活生生的鍬形蟲或金龜子等小型昆蟲的販賣機。泰宇第一次看到這些販賣機，驚訝得嘴巴合不起來。

「真的有好多神奇的販賣機！」

泰宇很想投一個販賣機試試看，但是又想快點去玩遊樂設施，猶豫一下後就趕緊離開了。

泰宇感覺已經走了好久，但是始終沒有看到那個可以玩碰碰車的遊樂園。於是，泰宇擦了擦流下來的汗水，坐在路邊的椅子上休息。

「為什麼還沒到呢？走了這麼久了，應該到了呀……。哎呦，一個人走真的太無聊了。」

泰宇跟朋友們分開之後，第一次想到了他們。不過還是討厭跟不喜歡的朋友一起玩。

泰宇環顧了一下四周，看到在不遠處的樹林中有一臺販賣機。

泰宇正好也口渴了，想著那臺如果是飲料販賣機該有多好，於是趕緊跑過去看看。

泰宇快速的跑到販賣機前面。

「什麼呀？看起來不是飲料販賣機？」

因為販賣機正面看不到可以挑選的飲料選單。販賣機有著像玻璃光滑的天藍色表面，上面寫著「販賣機」字樣。販賣機的邊框上有用青銅雕刻的奇怪圖騰，看起來是一臺相當特別的販賣機，泰宇歪著頭想。

「這是什麼販賣機呢？」

販賣機
請選出適合自己的朋友！

泰宇更加靠近販賣機，仔細地觀察起來，突然販賣機的前面發出光亮，出現了一排文字！

請選出適合自己的朋友！

「什麼？選朋友？所以，這是朋友販賣機嗎？」

泰宇的腦中不停地冒出問號。

「怎麼可能！朋友是要怎樣從販賣機出來？」

泰宇一個人自言自語，不過他突然想到剛剛看到的鍬形蟲和金龜子販賣機。

「既然販賣機都可以變出那些昆蟲了，應該也可以變出朋友吧？」

泰宇真的希望可以出現一位自己喜歡的朋友。

泰宇更加靠近販賣機了，因為他要找找看價格。如果是可以變出朋友的販賣機，應該相當昂貴吧？如果太貴的話，泰宇也買不起。可是不論泰宇怎樣找，都看不到價格，甚至沒有看到可以投錢的地方。就在這時候，販賣機前面的文字改變了！

請說出想要的朋友。
不過，一次只能一種。

泰宇反而有點猶豫了，除了錢之外，還有因為不知道要許願出現哪種朋友。不過他想到剛剛自己一個人走過來真的非常無聊，於是，泰宇像自言自語似的說道：

「有……有趣的朋友……。」

於是，販賣機前面的文字又變了。

如果您討厭這個朋友，
他就會自動消失喔！

泰宇不自覺地點了點頭後，文字再次改變了。

請支付金額。

泰宇看到「金額」兩個字後，心臟彷彿漏了一拍，於是他趕緊吞了吞口水。不過販賣機接下來出現的文字讓泰宇露出開心的笑容。

金額是擁抱販賣機。

「太棒了！」

泰宇趕緊展開雙手抱著販賣機，販賣機比想像中還要大，泰宇雙手的指尖都快碰不到販賣機的側面了。

「真的會出現朋友嗎？」

泰宇就像站在起跑線前等待出發信號那樣，心頭撲通撲通跳。

販賣機
金額是擁抱販賣機。

好有趣的朋友

原本安靜的販賣機突然傳出嗚嗚～嗚嗚～的聲音，泰宇嚇得往後退了幾步。不久之後，又傳出叮噹作響的吵雜聲，泰宇眼睛睜得大大地等待。

「如果出現有趣的朋友，就真的太厲害了。」

就在泰宇這樣想的瞬間，販賣機嘎吱嘎吱響起，又稍微晃動起來。突然販賣機的側邊門打開了，泰宇感覺幾乎要停止呼吸。一位個頭跟泰宇差不多高的男孩突然從開啟的門裡跳了出來。這個男孩頭髮捲捲的，上半身穿著白色T恤，下半身穿著藍色吊帶牛仔褲。

男孩露出燦爛的笑容說道：

「你好，朋友！我的名字是哈哈！你叫什麼名字？」

「我……我叫泰……泰宇，李泰宇。」

「很高興見到你，泰宇！我們好好相處吧。」

哈哈一見面就立刻抱住泰宇，泰宇稍微有點彆扭地縮緊了肩膀，沒想到正抱緊泰宇的哈哈突然開始搔泰宇的腋窩。

「啊哈哈哈哈哈！」

泰宇因為太癢而全身扭動起來，邊笑邊跌坐下來。

「如何？現在有稍微放鬆了嗎？因為你的肢體太過僵硬了，所以我才讓你笑出來。」

哈哈抓著泰宇的手，邊把泰宇拉起身來。泰宇雖然有點搞不清楚狀況，但是心情並不壞。販賣機真的根據自己的要求給了一位有趣的朋友。哈哈把臉靠近泰宇眼前，然後用抽動著的大大鼻孔問道：

「泰宇，你覺得用南瓜和西瓜打頭，哪一個比較痛？」

「當然是頭比較痛！你以為我連這個都不知道嗎？」

泰宇不以為然地說。

「很好。那麼，你知道誰最會烤肉嗎？」

「這個嘛……應該是烤肉店的店員吧？」

「呵呵，答案是『老師』，因為老師考的都沒有教（焦）。」

泰宇噗哧笑了出來。

「你笑了！你笑了！你剛剛笑了，對吧？太好了，成功一半了！那麼，最快樂的狗是什麼狗？」

泰宇歪著頭，開始亂猜。

「柴犬？拉不拉多？貴賓狗？」猜不到的泰宇開始有點煩躁。

哈哈看到泰宇臉色有點不對勁，馬上大聲地說：

「開心狗（果）！」

泰宇哈哈大笑起來，哈哈也在旁邊哈哈哈地笑著。笑了好一會兒的泰宇突然覺得自己許願要一個有趣的朋友，真的選得太好了。哈哈一下子就把原本有點尷尬的氣氛化解了，泰宇感覺自己之後再也不會感到無聊了。

「哈哈，我現在要去遊樂園，我們一起去吧！」

哈哈笑著點點頭，泰宇和哈哈便沿著黃色的道路開開心心地出發，一路上哈哈不停地說著有趣好玩的故事。泰宇對於哈哈不知道從哪裡得知這些有趣的故事感到新奇，加上哈哈非常擅長模仿動物，一下子跳到那邊、一下子跑到這邊，做出各種搞笑表情，泰宇也因此捧腹大笑。哈哈模仿猩猩表情時，實在太過好笑了，泰宇還差點跌坐在地上。

「世界上應該再也沒有像哈哈這樣有趣的朋友了吧？」

泰宇和哈哈在一起的時候，感到開心快樂。像這樣有趣的朋友，泰宇想要長長久久地相處下去。就這樣兩人嘻嘻哈哈地邊笑邊走，一下子就到了遊樂園。

「哇啊！」

泰宇雙眼睜得無敵大，因為這是他看過最棒的遊樂園，他感覺自己來到了一個奇幻世界。形形色色、有著尖尖屋頂的建築中間，有許多泰宇沒看過的遊樂設施。泰宇忍不住提高音量說：

「看那個！真的好有趣喔！」

快速轉動眼球的泰宇在各種遊樂設施中發現了碰碰車之後，馬上跑了過去，哈哈也趕緊跟著一起過去。

只是排隊的人實在太多了，看來應該要等很久，泰宇忍不住嘆了口氣。

「哎，不知道要等到何時才能玩到。」

這時候，泰宇看到碰碰車隔壁是發出閃爍光芒的遊戲廳。泰宇

稍微往內瞧瞧看，裡面跟學校運動場差不多大，而且非常明亮。大廳中間有一株高到碰得到天花板的大樹，周圍還有很像真的雲朵和鳥兒飛來飛去，感覺這裡似乎是另外一個世界。遊戲廳內擺滿了最新型的遊戲機，發出閃光燈的遊戲機們好像在跟泰宇打招呼。

「哈哈，要玩碰碰車可能要等

嗚哈
噗

很久，我們先去玩一回遊戲吧！」

泰宇抓起哈哈的手，走了進去。

走進遊戲廳內的泰宇一臉好奇地東張西望，他發現有許多人圍著某一臺遊戲機觀看。泰宇和哈哈也走了過去，有兩位女生分別坐在遊戲機對面玩遊戲，原來這是考驗同時答題的遊戲。如果兩個人完全都沒有答錯，且晉級到規定的級別後，就可以得到巨大螺旋造型的冰淇淋。旁邊正在觀看的兩位男生可能已經挑戰成功了，正在吃著冰淇淋。

不久之後，默契十足的兩位女生來到了遊戲最後關卡。遊戲機

啪啪
啦吧
GAME CLEAR

發出了超大的音樂聲響，圍觀的小朋友們都發出了歡呼聲。這時候看起來是遊戲廳的工作人員拿著兩個螺旋造型冰淇淋，遞給那兩位剛剛闖關完成的女生。泰宇非常羨慕拿到獎品的同學，他心想在等待玩碰碰車的時間，如果可以先吃個冰淇淋的話，那就太好了。泰宇看到女孩離開位置後，趕緊拉著哈哈說道：

「哈哈，我們也玩一次！你一定要好好玩喔，知道嗎？」

哈哈原本打算說什麼，但後來就算了。因為聽到了嗶嗶聲，遊戲馬上就要開始了。哈哈露出不安的表情，鼻梁也擠皺了。但是遊戲機是放在兩人中間，所以泰宇完全看不到哈哈的表情。

第一個問題出來了，題目寫著「我們生活的星球是什麼？」泰宇趕緊按下寫著「地球」的三號按鈕。

泰宇認為坐在對面的哈哈也可以答對這一題送分題，沒想到突然聽到嗶嗶聲，然後出現遊戲結束的畫面。

「什麼？哈哈你答錯了？」

泰宇突然大喊地站了起來，哈

哈抓了抓頭說不好意思，周圍的同學們也像是在嘲笑似地大笑起來。泰宇太生氣了，他瞪著哈哈說：

「再玩一次，這次你一定要答對！」

哈哈只是傻傻地笑著。

遊戲再次開始，第一題出來了。題目是「16＋5是多少？」泰宇噗哧一笑，他心想這一題也太簡單了吧，他確定這次哈哈一定可以答對的。可是沒想到再次響起了嗶嗶聲，遊戲結束了，泰宇的頭頂感覺像是火山要爆發了。

「我的天啊，哈哈！你又錯了？你怎麼連這個也不會？」

哈哈不好意思地笑著回答說：

「我最擅長的是逗人笑……對不起。」

「你……我真的不喜歡，我最討厭笨的朋友了！」

哈哈立刻站起身來說：

「看來你討厭我了，那我走了。」

哈哈變成一個怒氣沖沖的人，氣喘吁吁地走出了遊戲廳。泰宇雖然馬上跟著跑出去，但是不管怎麼找，都找不到哈哈了。

世界上最聰明的朋友

碰碰車那邊依然大排長龍，泰宇排了許久，但是奇怪的是隊伍絲毫沒有往前移動的跡象，一個人排隊的泰宇擦了擦脖子後頸的汗水。

「哎呦，為什麼這麼熱呀。」

泰宇的眼睛一直望向遊戲廳，因為有許多同學開心地邊吃著巨大螺旋造型冰淇淋邊走出來。泰宇開始猶豫不決起來，他反反覆覆看了好幾次碰碰車和遊戲廳之後，再次走向了遊戲廳。

「必須再玩一次。」

泰宇剛走進遊戲廳才想起來，這是一個要有朋友一起參與的遊戲。但是他不管怎麼找，也找不到可以跟他一起玩的朋友。這時候他看到大樹下面有一臺販賣機，看起來跟在樹林中那臺朋友販賣機很像。剛剛可能沒有認真看，所以才沒發現這臺販賣機吧。泰宇「呦呼」地叫了一聲，趕緊跑了過去。

泰宇一走到販賣機前面，就看到光滑的藍色框面上出現了一排字。

請選出適合自己的朋友！

泰宇繼續等待下一句話的出現。

請說出想要的朋友，不過，一次只能一種。

泰宇沒有多想，馬上說：

「我想要一個很聰明的朋友！」

接著，販賣機表面依序出現在樹林中看過的相同句子。泰宇看到最後的句子後，就張開雙臂稍微抱了抱販賣機。然後，趕緊後退幾步靜靜等待。

販賣機開始發出有點吵的聲音，接著側門慢慢地打開。同時泰宇的眼睛也慢慢睜得更大，有一位頭髮綁得很整齊的女孩從門裡走了出來。

女孩戴著一個鏡框有點大的眼鏡，透過眼鏡看到的眼神相當精明機伶。女孩走路的時候，腳下穿的皮鞋還會發出叩叩的聲音。

「你好，朋友！我的名字是曾聰明！你的名字是？」

「我的名字是泰宇，李泰宇。」

「很高興見到你，泰宇。」

聰明伸出一隻手，泰宇也慌慌張張地伸手跟聰明握了握手。聰明看著泰宇問道：

「我們要玩什麼？

我討厭無聊的事情。」

泰宇趕緊指了指遊戲機。

「我們先玩那個遊戲，如果問題全都答對的話，就可以得到冰淇淋。」

「很好！我雖然不太喜歡冰淇淋，但是我非常喜歡遊戲。」

聰明帶頭走向了遊戲機，泰宇和聰明排了一下隊，很快就坐到遊戲機前面了。聰明從遊戲機側邊露出了頭，問道：

「泰宇，你能答對題目吧？」

泰宇用力地點了點頭，可能因為有聰明在的關係，泰宇更加有信心了。

遊戲一開始，泰宇和聰明就配合得天衣無縫，馬上就玩到了最高級別。「啪啪啦吧」遊戲機的聲音一響起，遊戲廳的工作人員就拿著巨大冰淇淋走了過來。四周圍觀的同學們也發出了羨慕的歡呼聲。泰宇露出得意的神情。

「果然聰明的朋友最棒了！」

泰宇吃了一口冰淇淋，冰淇淋在口中就像龍捲風那樣猛吹猛刮，一下子就讓全身感到清涼無比。泰宇第一次吃到如此夢幻的口味，露出陽光笑容說道：

「聰明，我們現在去玩碰碰車吧。」

聰明沒有直接回答，而是指了指其他遊戲機說。

「我們也玩玩那個遊戲吧，我真的很會玩那個遊戲。」

這時候，站在旁邊的工作人員說：

「在這裡的所有遊戲只要能夠玩到最高級別，都會有獎品喔，此外還會贈送足球。」

泰宇眼睛睜得圓圓的，瞬間覺得手上正在吃的冰淇淋顯得非常普通。

聰明拉著泰宇說：

「泰宇，快走吧，我來幫你贏得獎品。」

聰明真的很會玩遊戲，泰宇看到聰明所有遊戲都如此擅長，感到非常不可思議，嘴巴忍不住張得大大的。特別是那些需要用腦的困難遊戲，聰明更加會玩。只要聰明開始玩新的遊戲，周圍的同學們都會跟著聚過來，不停地發出尖叫聲。然後每次「啪啪啦吧」的聲音響起，聰明收到獎品時，他們都露出了羨慕的眼神。泰宇的心情好到感覺要飛天了，因為獎品已經多到無法用雙手拿了。獎品不只

是有足球，還有各種娃娃、零食、羽球拍等各種玩具，差不多超過十種以上了吧。

在這些獎品中，泰宇一直摸著足球。因為如果用新足球來比賽的話，看起來應該會超帥氣的。

聰明又成功破關另外一個遊戲了，她把玩具汽車獎品遞給泰宇說：

「這個也是你的，我對這些東西不感興趣。」

泰宇開懷大笑地收下玩具汽車。

「聰明，謝謝。不過妳真的太強了，為什麼連這麼難的遊戲，妳也可以玩得這麼輕鬆？」

聰明只是咧嘴一笑。泰宇跟工作人員要了兩個袋子來分裝玩具，袋子內裝得滿滿的，連拿著都有點吃力。不過泰宇還是很開心，泰宇提著袋子說：

「聰明，我們現在去玩碰碰車吧。」

「可……可是，我……。」

聰明不知為何突然猶豫起來。

「怎麼了嗎？我們已經拿到這麼多獎品了，不要再玩遊戲了。」

「我不太喜歡體力活動，而且碰碰車很可怕，我很討厭。」

「啊？即使這樣也是可以陪我玩一下的吧？朋友都是要這樣互相的吧！」

聰明的臉突然開始皺成一團，斬釘截鐵地說：

「看來你不需要我了，再見！」

聽明發出叩叩的皮鞋聲，走出了遊戲廳。泰宇吃驚得張開嘴巴，目光呆滯地站在原地。

新朋友們

泰宇再次走向大樹下面的販賣機。

「哼，朋友又不是只有聰明而已，在這裡要多少朋友都有。」

泰宇放下裝滿禮物的袋子走到販賣機前面，這次泰宇心想「想要一位很會運動的朋友」。這樣就會出現喜歡和他一起玩碰碰車的朋友，而且泰宇相信這才是跟喜歡運動的自己最合拍。

販賣機的燈亮起來了，也出現了文字，泰宇大聲地把自己的想法說出來。

然後他打開雙臂抱了抱販賣機，接著，泰宇退後等待。販賣機發出比之前更響亮的轟隆隆聲音，甚至搖晃個不停。不久之後，販賣機側門發出「咚」的超大聲響，門打開了，泰宇心中好像也跟著發出「咚」的聲音。就在眨眼的一瞬間，一位男孩從販賣機中跑了出來，這位男孩沒有跟泰宇打招呼，便咻地一聲開始跑了起來。

「喂！你要去哪裡啊？」

泰宇放開嗓門大聲呼喊，但是那個男孩已經飛快地跑到遊戲廳另一端的盡頭了。

跑

「哇啊！他跑得真快。」

泰宇張大嘴巴看著這位男孩在這個有如運動場大的遊戲廳內跑了三圈。男孩在泰宇面前刮起了一陣風，最後總算停了下來。他頭髮染了紅色和綠色，身穿短褲，腳上穿著黃色運動鞋。

「你好！我的名字是壯壯，你的名字是？」

泰宇說出自己的名字，兩人很開心地打完招呼。

泰宇很喜歡壯壯這個名字，感覺做任何運動都很強，泰宇激動的問他：

「壯壯，你真的跑得很快，你為什麼可以跑這麼快？」

「我不只會跑步而已，只要是運動，我都是最厲害的！」

壯壯對著泰宇豎起了大拇指。

「我就知道！」

泰宇用力拍了拍手，他心想選擇「很會運動的朋友」果然是對的。這時候，壯壯指了指袋子內的足球說：

「哇！這是足球。」

壯壯拿出足球，馬上就咚咚地踢

了起來。他沒問這是誰的足球，也沒問是否可以玩。

泰宇稍微皺起了眉頭，但是被壯壯用腳背和膝蓋踢足球的實力嚇到之後，馬上就忘記了剛剛的不愉快感。不久之後，泰宇說：

「壯壯，我們去玩碰碰車，如何？」

「碰碰車很好玩！走吧！」

泰宇非常喜歡壯壯爽快的回答，壯

壯邊用雙腿輪流踢著足球邊走在前面。泰宇在他後面，提著兩個大袋子嘀嘀咕咕地說著：

「壯壯如果可以幫我提一個的話，我就不會這麼吃力了。」

泰宇覺得有點惆悵。

碰碰車還是大排長龍，泰宇站在隊伍最後面，但是壯壯卻對著正在排隊的同學們踢足球，造成大家的困擾。同學們紛紛發出抗議，質問壯壯在做什麼，沒想到壯壯反而更加用力踢足球，還生氣地說：

「如果不想被踢到，你們就自己走開！我就是喜歡運動！」

泰宇雖然開心壯壯很會踢足球，但是看到壯壯因此干擾到其他同學也感到厭惡。這時候其他同學們也開始對泰宇指指點點，泰宇把壯壯叫過來，壯壯邊踢球邊走來。

這次球正好連續踢到泰宇放在身旁的袋子，袋子內的禮物也因此一下子都掉出來了。沒想到壯壯假裝沒看到，拿到球後繼續踢起來。

「喂，壯壯你為什麼這樣？朋友應該是這樣的嗎？」

泰宇突然發起脾氣，但壯壯反而把球丟向泰宇的胸口。

「哼，我想要隨心所欲的踢球不行嗎？我不喜歡你，我要走了。」

壯壯就像從販賣機出來時那樣，咻地一下就從泰宇面前消失了。泰宇把足球和其他玩具再次裝入袋子內，獨自抱怨著。

「真的是，煩死了！居然會有這麼糟糕的人。我決定了！這次我要選擇世界上最善良的朋友！」

販賣機內走出一位躡手躡腳地、穿著連身裙的女孩。她的直長髮長至腰間，非常飄逸。泰宇一眼就喜歡上這位女孩，就連她稍微下垂的眼角也很迷人。她的笑容也很甜蜜，是一看就覺得非常善良的人，泰宇主動走過去打招呼。

「很高興見到妳，朋友，我是泰宇。」

「我的名字叫順順，很開心見到你，泰宇。」

順順說完自己的名字後，露出了靦腆的笑容，泰宇小心翼翼地問：

「我們去玩碰碰車好嗎？」

「喔，好喔。」

聽到順順的回答，泰宇笑了，他正要用雙手去提袋子時。

「泰宇，我也一起拿吧。」

順順主動說要幫忙，而且她還特意去拿較重的那袋。兩人開開心心地聊天，開懷地大笑。泰宇內心想著「選擇善良的朋友」果然是對的，泰宇想跟這樣內心善良的朋友長長久久的相處下去。

他們兩人走出遊戲廳，開始排在碰碰車隊伍的最後面。到現在排隊的人潮還是這麼多，看來碰碰車真的很受歡迎。不過泰宇和順順相談甚歡，所以完全不覺得排隊很無聊。

不久之後，他們後面來了好幾位小朋友。這時候，順順讓出位置，溫柔地對小朋友們說：

「小朋友們，讓你們排前面吧。」

泰宇嚇得趕緊詢問：

「順順，為什麼要讓他們？」

「小朋友們比我們小，應該要讓他們的吧。」

順順露出憐憫的表情，讓小朋友們排在前面。泰宇心情有點不好受，但也就算了。因為順順本來就是很善良的朋友，所以他可以理解她為什麼這麼做。泰宇嘆了口氣，轉頭看到附近有廁所，正好想去廁所的泰宇說：

「順順，我去一下廁所，請妳幫忙看著這些東西。還有不可以

再讓位了，知道了嗎？」

順順笑著點點頭，泰宇就急急忙忙跑去上廁所了。泰宇上完廁所後，邊走邊喃喃自語：

「該不會我不在的時候，順順又讓位了吧？順順就是太過善良了。」

泰宇往碰碰車方向一看，眼睛忍不住睜得更大了。碰碰車周圍的長長隊伍都不見了，大家全都聚集在另外一個地方，那裡就像菜市場一樣喧嘩，泰宇趕緊跑過去一探究竟。泰宇一一撥開聚集的人群，好不容易才擠到最裡面。一瞬間，泰宇的臉像冰塊那樣凍結了。

人群中間站著的人是順順，順順正在把袋子內的禮物分給同學們。順順最後拿出足球，拿給某位小朋友說：

「拿好了，你是說要這個吧。」

那個小朋友露出開心的笑容，收下了足球。泰宇火冒三丈，從喉嚨發出如雷聲般的聲音大聲問：

「順順！妳現在在做什麼！」

「小朋友們說很想要這個……。」

順順邊說邊整理空空的袋子。泰宇氣急敗壞地想再次搶回足球。可是往四周一看，那個小傢伙已經不知道跑去哪裡了，完全看不到人，泰宇瞪大眼睛說：

「喂，那都是我的東西，我不是請妳好好看管嗎？妳就這樣隨便送人是怎麼樣！朋友是這樣當的嗎！」

順順露出不開心的神情說：

「看來你不喜歡我了……。那我只好離開了，再見。」

順順輕輕地揮了揮手就離開了，泰宇氣得直跺腳。他看著地上飄動的空袋子，內心非常不好受。

對我百依百順的朋友

就在泰宇氣呼呼的時候，碰碰車的排隊人群再次變多了。泰宇因此更加生氣，用力地踢著空袋子，突然他腦中想到了什麼。

「對喔！我為什麼沒先想到呢？」

泰宇咧嘴一笑，敲打了自己的腦袋幾下。

「哎呦，傻瓜，如果有那樣一位朋友的話，就太棒了。」

泰宇趕緊跑向遊戲廳內的販賣機。

泰宇上氣不接下氣，大聲地回答販賣機。

「我要無條件聽我話的朋友！」

泰宇內心超級激動，因為只要有這樣的朋友，就不用再羨慕其他人了。泰宇趕緊往後退，等待從販賣機內走出來的朋友。

「如果是可以完全聽從我的朋友，應該就不會有什麼問題了吧？呵呵。」

泰宇心情變好了，肩膀也不自覺地抖動起來。

販賣機發出長長的嗚——嗚——聲音，而且花的時間也比之前久，甚至好像還傳來嘎吱嘎吱的刮鐵聲音。不久之後，門

嗚嗚
嘎吱吱

啪地一聲打開了。有位男孩有氣無力地從裡面走出來，來到泰宇面前。

泰宇的心轟隆地一聲，整個人被嚇壞了。

「天呀，是穿得跟我一模一樣衣服的人！」

乍看還會覺得這個人長得跟自己很像，但是其實只有個頭差

不多高而已，仔細看的話，眼睛、鼻子、嘴巴都長得不一樣，只是有點奇怪。泰宇上下打量著這位男孩，於是這位男孩歪著頭問：

「為什麼這樣看我？有什麼地方不對嗎？」

「啊，沒有沒有。很高興見到你，我的名字是李泰宇。」

「很高興見到你，泰宇，我的名字是嗯嗯。」

泰宇因為嗯嗯想法跟自己一樣而開心地在內心拍手鼓掌。

「我們快走吧，我想快點玩碰碰車。」

嗯嗯催促著泰宇，泰宇笑著點點頭。看來嗯嗯比泰宇更加想玩碰碰車。就在嗯嗯和泰宇快速移動腳步的時候，泰宇看到遊戲廳內有一個自己非常喜歡的遊戲，而且正好沒人在玩。泰宇停下了腳步，指了指那臺遊戲機。

「嗯嗯，那邊有臺遊戲機，我們先去玩一回吧，我非常喜歡那個遊戲。」

泰宇內心有點不好意思，所以越說越小聲，沒想到嗯嗯露出比剛剛更加爽朗的笑容說：

「哇啊！我也非常喜歡那個遊戲耶！好喔，我們先去玩遊戲，玩一次或玩兩次都可以。」

「真的嗎？果然，我真的好喜歡嗯嗯喔。你最棒了！太棒了！」

泰宇比出了大拇指，之後不論泰宇說什麼，嗯嗯都會說好。居然會有這麼棒的朋友！泰宇感覺自己好像擁有了全宇宙。

泰宇和嗯嗯開開心心地玩完遊戲之後，再次來到碰碰車排隊。雖然隊伍還是很長，但是可以跟合拍的朋友在一

起，泰宇覺得不論做什麼都很開心。

這時候，站在泰宇前面的高個頭大哥哥們正在大聲喧鬧討論著：

「我們玩的『龍捲風』真的很有趣！」

「我剛剛差點被嚇死了，我身材比較小，擔心自己被

甩出安全裝置，所以抓得超緊。我的手掌現在還在痛，不過真的超好玩。」

泰宇也知道龍捲風這個遊樂設施，之前他就很想玩看看了，但是因為現在個頭還不夠高，所以無法玩。因此，他就下定決心等自己長高後，一定要先去玩龍捲風。泰宇笑嘻嘻地，用開玩笑的口吻問道：

「嗯嗯，我們也去玩龍捲風嗎？」

「好呀，我真的喜歡龍捲風，我們快點去玩吧。」

泰宇嚇得趕緊喊停，因為他沒想到嗯嗯會這樣回答，泰宇趕緊解釋情況。

「你說什麼？你現在是認真的嗎？我們還不夠高，搭那個很危險的。」

「只要是你喜歡的，我都喜歡。龍捲風也喜歡！危險也喜歡！」

泰宇心情變得有點奇怪了，因為他以為嗯嗯會勸阻自己說太危險了不要去，或是絕對不能去之類的。泰宇牽起嗯嗯的手跑了起來，他們跑到附近的一個大蓮花池，站在蓮花橋上還可以看到遠處的鴨子船。橋下呈現深藍色的蓮花池水深不見底，泰宇瞪大眼睛說：

「嗯嗯，這裡的水很深，還有寫著不小心就會死掉的警告牌。不過，我們還是在這裡游泳吧！」

「好呀！我非常喜歡在水深的地方游泳，我們快下

我也喜歡！
游泳最棒了!!
注意！蓮花池的
水深不見底，
失足落水會非常危險！

水吧！」

有一股怒火從泰宇喉嚨中一下子衝了上來。

「喂！這算什麼朋友？如果對方有做錯什麼的話，應該要制止才對，你到底算什麼朋友！」

泰宇大口呼氣，整個臉都漲紅了。但是看到這麼生氣的泰宇，嗯嗯只是抿嘴笑一笑，然後他揮揮手就離開了。

「泰宇，很開心遇到你，再見！」

泰宇什麼話也說不出來，只能看著嗯嗯消失在遠處。

交到真正的朋友

泰宇嘟著嘴走進遊戲廳，他原本打算一個人排隊玩碰碰車。但是又想到可以從販賣機中得到適合的朋友，於是不自覺地再次移動了腳步。

「哼，我只要選到更好的朋友就可以了。」

話雖然這樣說，但是泰宇沒有像之前那樣興奮了。他現在的心情就像漏了氣的氣球，整顆心都揪在一起。因為他還不知道要選哪

OK
知識

種朋友。

腳步沈重的泰宇走到大樹下，嚇了一跳，因為他看不到那臺朋友販賣機了。那個位置乾淨得彷彿一開始就沒存在過什麼似的，泰宇環顧了四周，他想找工作人員問看看。可是不知道為什麼，也完全看不到工作人員。

泰宇噘起了嘴。

「販賣機又不是只有這裡才有。」

泰宇走到外面，開始四處尋找。但是不論怎麼找，都沒有看到朋友販賣機，只看到其他種類的販賣機。泰宇腦中突然閃過了什麼，他想到第一次看到朋友販賣機的地方。那個地方是跟小組朋友分開之後，從十字路口處往遊樂園方向過來的小路上，泰宇趕緊往那個方向走過去。

「我一定要選一個比之前都還要更好、更棒的朋友。」

泰宇邊走邊想，可是不論他怎麼想，也想不出來更棒的朋友是哪種。其實剛剛出現過的朋友都是非常棒的朋友，真的很有趣，真的很聰明，也真的很會運動，真的很善良，還真的很聽話，但是最後泰宇通通都不喜歡。

因此，他們才會全都離開泰宇。泰宇真正喜歡的朋友到底是哪種呢？他開始認真思考起來。

泰宇遠遠看到販賣機之後，趕緊加快腳步跑過去，販賣機就在自己第一次看到的那個位置。他急急忙忙來到販賣機面前，腳步卻突然停了下來。而且他的眼珠子睜得大大的，都快掉出來了，因為販賣機上面貼著一張小紙。

泰宇把貼在販賣機上的紙張撕下來，拿到眼前仔細閱讀一次。

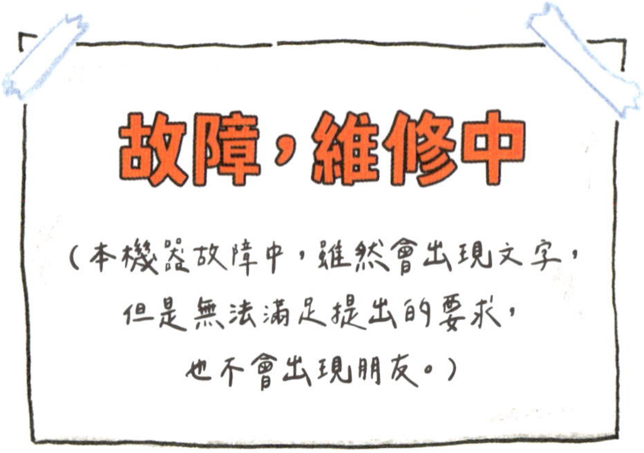
故障，維修中
（本機器故障中，雖然會出現文字，
但是無法滿足提出的要求，
也不會出現朋友。）

「只會出現文字有什麼用？即使我提出要求也不會出現朋友的話，看來是真的故障了！」

泰宇隨意地把紙張揉成一團，這時候，遠遠地好像有人走過來。泰宇趕緊躲在販賣機後面，他整個人蜷縮起來，屏著呼吸，保持安靜。

不久之後，那個人走到了販賣機前面，然後好像聽到他正在讀販賣機上面的文字。接著那個人的呼吸聲慢慢地變得急促起來，可能是因為第一次看到朋友販賣機而感到慌張吧。

就在這時候，泰宇聽到站在販賣機前面的那個人像是在說悄悄

話那樣小小聲地說：

「可以跟我長長久久在一起的朋友！」

泰宇的心感覺都快要掉到地上了。這是他認識的聲音，那個人就是自己的鄰座同學俊秀。那個總是很安靜、沒什麼話、一個朋友也沒有的俊秀。俊秀說完這句話之後，就抱著販賣機，而且他抱了非常非常久。跟只是意思一下抱抱販賣機的泰宇完全不同，俊秀想要交到朋友的懇切之心好像也傳遞到躲在販賣機後面的泰宇。

泰宇心中的某個角落感到微微地酸楚，泰宇不知所措地看著手中那張被揉皺了的紙張。

「不論等多久，也不會出現朋友的……。」

泰宇擔心俊秀會感到失望，心中非常過意不去。

泰宇仔細一想，發現俊秀並沒有像自己一樣選擇某方面很厲害的朋友，他只希望有一位可以長長久久陪在身邊的朋友。泰宇覺得如果只是這樣的話，自己應該做得到。不是期待從朋友身上得到什麼，而是想想自己可以為朋友做些什麼。泰宇想通之後，內心再次像充飽氣的氣球那樣膨脹起來。

泰宇把那張揉皺了的紙丟在地上，然後露出大大的笑容，充滿活力地走出去。

「俊秀！你好！」

「啊，是你？」

被嚇得後退好幾步的俊秀認出是泰宇之後，並沒有感到討厭，只是露出了淡淡的微笑。泰宇靠近俊秀，用手輕按著俊秀的肩膀，然後他稍微猶豫之後，開口說：

「俊……俊秀，我們好好相處吧。」

俊秀稍微歪了歪頭，泰宇難為情地趕緊轉移話題。

「但是俊秀你不是去動物園了嗎？」

「我跟其他人說我要去把你帶回來，請他們再等等。你一個人玩的話，好像不太好……。其他人還在剛剛那個地方等我們。我們快回去吧。」

泰宇非常感謝因為擔心自己而跑來找自己的俊秀，泰宇對俊秀露出了微笑，然後他跟俊秀手牽手快樂地跑回去了。

回到十字路口之後，泰宇再次看了看寫著「動物園」和「遊樂園」的指示牌，結果都是相同的綠色。泰宇覺得太奇怪了，再次回頭一看。那條走向遊樂園的美麗黃色石頭小路已經不見了，就只是一條普通的路而已，泰宇歪著頭百思不得其解。

「泰宇！」

就在不遠處，其他同組朋友們正開心地對他揮手。泰宇來來回回地看著俊秀和朋友們，心裡想著。

「碰碰車等大家去了動物園之後，再跟俊秀去玩會更有趣。」

一股涼爽的風輕輕地吹撫著跑向朋友們的泰宇和俊秀。

快過來！

遊樂園
動物園

大家有哪些朋友呢？

小朋友們，大家喜歡「朋友」這個詞彙嗎？我非常喜歡這個詞彙喔，光是想著「朋友」，內心就會慢慢變暖，嘴角也忍不住上揚。如果在字典上查詢「朋友」這個詞，就會看到「彼此有交情的人」這樣的定義。跟某

個人長時間親近的話，就會彼此認識，當然也會更理解彼此、建立交情。這樣的朋友感覺就像是家人，我也有許多如同家人般的朋友們。

大家聽到「朋友」這兩個字的瞬間，腦中會浮現一些人吧？有可能是一個人，也有可能是好幾個人。也會想起朋友的笑容、過去一起玩樂的趣事、一起去過的地方、享受過的美食等許多事情吧？所謂的朋友就是像這樣，僅僅是想到就會讓人心情變好，朋友好像有著如魔法般的特殊能力。

不過我有一件事情相當好奇，那就是大家是否有跟這本書的泰宇一樣想過「如果有和我超級合得來的朋友該有多好？」或許每個人都曾經有過這種想法吧。

像「哈哈」那樣有趣的朋友；像「曾聰明」那樣聰明的朋友；像「壯壯」那樣很會運動的朋友；像「順順」那樣善良的朋友；像「嗯嗯」那樣聽話的朋友；還有每個人都想親近的帥氣朋友。但是重要的並不是我的朋友是哪種朋友，而是我可以成為朋友們的哪種朋友。

泰宇最後決定要成為俊秀的好朋友。當泰宇這麼做

之後，再次提起了精神，心情也變好了。大家如果心中希望交往哪種朋友，就先努力讓自己成為那種人吧。這樣的話，在不知不覺中身邊一定就會出現自己想要的朋友。

「朋友可以讓快樂翻倍，讓悲痛減半」，希望大家不論開心還是痛苦，身邊總是有一起分享與陪伴的好朋友，我會一直幫大家加油打氣。

喜歡孩子們笑聲的童話作家 崔銀玉

作者簡介

文字

崔銀玉 (최은옥)

首爾出生，驪州長大。二〇一一年獲得 Pronnibook 文學獎的新人獎之後，從此踏上作家之路。二〇一三年獲得 Bilyongso 文學獎第一名。總是努力寫出讓小朋友可以快樂閱讀的故事。著有《用書擦屁股的豬》、《完全貼在黑板的孩子們》、《閱讀書籍的狗狗萌萌》、《消失了的足球》、《放屁紙》、《嘮叨的鯛魚燒》、《畫家的習慣》、《紅豆粥老虎和七個傢伙》、《雨傘圖書館》等。

繪圖

金鵡妍 (김무연)

在學校攻讀動畫製作。現在跟四隻貓、兩隻狗，還有兩位人類組成的大家族一起生活。繪畫過的書有《背背我，背背我》、《我們的新年》、《嗶嗶總是隨心所欲》、《不看手機，改玩滑輪》、《老師也再次看看》、《黃金蛋孵出來的鳥》等。

故事館系列 069

神奇許願系列 1：
隨我心意選朋友

내 멋대로 친구 뽑기

作　　　　者	崔銀玉（최은옥）
繪　　　　者	金鵡妍（김무연）
譯　　　　者	劉小妮
語 言 審 訂	張銀盛
封 面 設 計	張天薪
內 文 排 版	許貴華
出版一部總編輯	紀欣怡

出　 版　 者	采實文化事業股份有限公司
執 行 副 總	張純鐘
業 務 發 行	張世明・林踏欣・林坤蓉・王貞玉
國 際 版 權	劉靜茹
印 務 採 購	曾玉霞
會 計 行 政	李韶婉・許俽瑀・張婕莛
法 律 顧 問	第一國際法律事務所　余淑杏律師
電 子 信 箱	acme@acmebook.com.tw
采 實 官 網	www.acmebook.com.tw
采 實 臉 書	www.facebook.com/acmebook01

I　S　B　N	978-626-431-015-4
定　　　 價	350 元
初 版 一 刷	2025 年 6 月
劃 撥 帳 號	50148859
劃 撥 戶 名	采實文化事業股份有限公司
	104 台北市中山區南京東路二段 95 號 9 樓
	電話：(02)2511-9798
	傳真：(02)2571-3298

國家圖書館出版品預行編目資料

神奇許願系列 . 1, 隨我心意選朋友 / 崔銀玉著 ; 劉小妮譯 . -- 初版 . -- 臺北市 : 采實文化事業股份有限公司, 2025.06
128 面 ; 14.8×21 公分 . -- (故事館系列 ; 69)
ISBN 978-626-431-015-4(精裝)

862.596　　　　　　　　　　　　　　　114005635

《神奇許願系列 1：隨我心意選朋友》
내 멋대로 친구 뽑기
Choose Your Friends as You Wish
Copyright © 2016 by 최은옥 (Choi Eun-ok, 崔銀玉), 김무연 (Kim Mu-yeon, 金鵡妍)
All rights reserved
Complex Chinese copyright © 2025 ACME Publishing Co., Ltd.
Complex Chinese translation rights arranged with GIMM-YOUNG PUBLISHERS, INC. through EYA (Eric Yang Agency).

版權所有，未經同意
不得重製、轉載、翻印

線上讀者回函

立即掃描QR Code或輸入下方網址，連結采實文化線上讀者回函，未來會不定期寄送書訊、活動消息，並有機會免費參加抽獎活動。

http://bit.ly/37oKZEa